光與影的旋律

胡淑娟詩集

胡淑娟 著

新世紀美學 出版

是誰
讓星光飛揚的衣裳

是梅光搖曳的衣裳
星星橋晃

慈悲與愛映照光影中　　　　　　　　許世賢

生命浮沉宇宙時空之海，化作金色慈悲的光，化作無垠天際斑斕星空。宇宙是無始無終的詩篇，字裡行間棲息不透的靈魂以詩為記，吞吐日月星辰，針貶光明黑暗。詩人胡淑娟以生命譜寫動人詩歌，在浩瀚星海燃燒蓮花朵朵，將炙熱驕陽化作溫照毫光，為殘缺皎月補上璀璨詩意，讓幽暗之心隨波消散，隨風逝去，抹去不捨摯愛婆娑淚水，慈悲與愛映照光影中。超越身心不可承受的磨難，詩人胡淑娟從容寫下〈慈悲〉等一首首動人心弦生命之歌—光與影的旋律。

慈悲

落日像一尊佛
在海的道場禪坐
洶湧的波瀾

黃昏的星也不能蟄伏
流下的星再送遠成共響
瞬間拔高的頻率
那欄柵的反光仿佛
滾滾向佛寺來

慈悲的星
大海
回流
因為她知道她的淚
還會重新發芽
遲會落早升的星

一朵永不凋零的雪花　　游鍫良

詩是詩人的影子，從正面看去有些弱小，從側面似乎瞧見生命正在延伸。多角度的切入才能清楚詩人的詩作態度與理念結合的意義。

胡淑娟的詩作充分的展現生命的韌性與期許，它有悲歡離合的語境也有可愛至情的筆法。書寫沒玩弄文字，用簡單的語式描述豐富的人生觀，深層的烙印在讀者的心胸，每一字一句都是遊刃有餘的寫，將未來的灰白或現在的色彩──誠懇告訴她自己的內心深處。

〈等〉

風 吹乾了河
靜靜等心一片片碎落
應和著
冰 崩解的聲音

這首詩可以看見胡淑娟從容的面對生命，無懼地等。

既然選擇當一隻夜鶯
就不選擇當平凡的夜鶯
因為她只要聽到一隻夜鶯的歌聲
她就可以照亮整座森林

下一輩子
她淑娟已經翻越過一座座森林
以光的翅膀達今生
為生命存活
放下了最憂鬱的死亡

——〈光的翅膀〉
何等瑰麗，何等放曠。

朗影的吟唱胡淑娟寫詩
地榮幸有旋律一起
眼影的吟唱有此機遇以光的翅膀
淑娟的每道篇小序
為生命存活
的門士乾杯，能
的希望讀者能
願綴光緣

游鑾良
台中大雅萬所　2017.11.13

《光與影的旋律》胡淑娟詩集序　劉正偉

十一月四日在新店碧潭「2017新店溪遊記」台客三行詩獎頒獎典禮上，我與女詩人胡淑娟、余師文龍初次見面。我是在臉書(FB)詩人俱樂部等網站讀她的詩，而慢慢認識詩人胡淑娟老師的，知道她是北一女中退休老師，作品常刊發自由時報副刊、聯合報副刊與各詩刊。

她得過一些詩獎，如台灣詩學創作獎、妖怪村新詩獎、聯合讀報截句詩獎、台客三行詩獎等。漸漸知道她也是抗癌的生命鬥士，幾次在鬼門關前掙扎奮鬥的經驗，也使得她的創作更具生命力，對生命與永恆更加了然與透徹。再讀她的詩文，就更容易產生同感共鳴。

這次台客詩社與詩人俱樂部合辦的台客三行詩獎來稿1585首，經過新加坡、台灣等七位海內外評審日夜煎熬，激烈苦戰，初選入圍五十首，共經過五輪匿名投票，最終票選出十首得獎。恭喜淑娟老師以〈漣漪〉獲獎：

要先蠕動
成為一隻蝴蝶之前
寂寞

她知道
但沒有漾開的翅膀

毛毛蟲想飛

〈想〉：

淑娟的詩多抒情，寫實與想像也多隱喻，例如這首

因為始於想像，似乎將湖面涼草的字跡〈漣漪〉還有另一首也收入地

文學一般，想起得獎原來也這首。湖草的〈漣漪〉這首詩入地

作為審報告，能得獎，原來她也收入人地，比喻起一座漣漪，以擬人地寫蜻蜓艇水，想像描摹，想像描繪點，眼力的靈動，但否的重要。都是創作了漣漪觀察蜻蜓艇水，想像描繪點，眼力的靈動，但後我依規定評審，想像規定

蜻蜓涼草的字跡
湖水列印

〈想〉表面寫毛毛蟲想飛，須先蛻變為蝴蝶，但詩人卻說：「要先蠕動寂寞」讓詩鮮活起來，這寂寞的蠕動，又何嘗不是詩人作家們寫作前，艱苦的醞釀、煎熬與孤寂嗎？此詩即隱喻詩人要先能耐得住長夜苦讀、寂寞煎熬，才可能蛻變成為一個好的詩人，如漾開翅膀的美麗蝴蝶。

許多舊思維與社會壓力，又何嘗不是進步的干擾與阻力呢？她〈後現代〉這首詩也是如此隱喻：

雨點在空中

歪歪斜斜

寫一首

後現代的詩

遭遇舊傘的強烈反彈

她〈後現代〉這首詩以「舊傘」隱喻舊勢力的強烈反彈。但是觀察她在《台客詩刊》18禁專輯徵稿寫的詩作，絲毫不會衛道或故步自封，她是勇於創新與自我挑戰的詩人。告子曰：「食色，性也。」一個真正的詩人本當如此，不自我框架與設限，不管寫實或想像，社會的黑暗或隱喻，當藉由創作真實呈現出來，才是

的助等。

失明拉風（或害人）之間的詩諷刺的距離多如已久的風颯的描寫的一雙眼睛只有一般準確修持。

很拉風地獄的短詩在每個人的念頭‧如「心鏡」、拉風〈之間〉詩評：「拉風〈之間〉詩評：洛夫

的善人的善惡之念不就是目造成天堂與地獄之別‧如有憂傷為

但或許都會被超齡男女那般謹慎小心、每個人生青睞多生害怕被偷盜的心顯心眼沒辦法避免的遭達攀升不如愛

婚姻的瞳孔都怕受傷寫每個人的心、都是偷盜的瞳孔都怕受傷因此失婚率也現在了或愛

鎖情（防盜）一隻貓的瞳孔　特別裝丁裡

逆境皆是被偷盜那是被偷盜的人生‧都是偷盜的遭遇避免的遭達攀升不如順境。

她的〈防盜〉一個完整的社會與人生。

一個完整的社會與人生。

在心的眼睛裡　以貓瞳比喻心寫得深刻

一隻貓的瞳孔　特別裝丁裡

就在於人的一念之間嗎？

淑娟是抗癌的生命鬥士，她的詩自有生命的體悟，如〈生命的日曆〉：

生命的日曆
只會越來越瘦
把昨日一一撕去
徒然剩下薄薄的明天

人生是一列單程列車，自古以來沒有例外。〈生命的日曆〉寫得就是生命如日曆紙般，如昨日般一一撕去，一天比一天單薄的必然。但是，幸好詩人有筆，可以以詩對抗生命的消亡，我在淑娟詩中讀到這般篤定。她在〈光的翅膀〉詩中，寫下輩子選擇當一隻夜鶯，不在乎有沒有月光，因為她的歌聲有著如光的翅膀，可以照亮整座森林。她就是那夜鶯。

《光與影的旋律》，光即詩，即永恆；影子，即生命，即軀殼。胡淑娟《光與影的旋律》詩集，即是探索永恆與生命與詩之間的關係。

12

能永恆的凝殼，每個凝視都使妳〈
宿的凝殼，只是個發亮
勇敢的向宇宙的由「死神」發散的光芒
在為永恆的軀殼
願我：那時空中短暫的牢籠
同永恆挑戰都能如自由的
能頓永恆競賽，不屈不撓
走。

因為，惟有詩，才是詩中，也是如
生命的靈魂，才是
門士詩人。「詩」才是如此描繪人生暫
淑娟般存
永恆是詩人暫

飄然離去的帆影　　　　胡淑娟

在人生的歲月一路走來，有多少的坑坑洞洞，也曾摔
倒受傷。正如淑娟在一首詩裡寫的：

生命的那場雪
在肉身穿梭
尋找歸依的處所

血脈像河
鑽出來的冷顫
抖動著
回震的高頻率

再來一場雪
封住河冰裂的傷口
卻從山的指縫中流溢

死神真的從未降臨
直到生命吐出了
最後一絲氣息

14

死
只是飄然離去的帆影
消失成一抹白雲
在天際的視線裡
而輪迴的
不過是永遠靠岸的海洋

這本詩集都圍繞著愛與美，整個畫面的光影生命了我兩年來散見於各報刊的詩作品。但是人生回不去的柔性，就在全篇詩集前形成一個圓。

在深受感動寫每一首詩的當下，我希望讀者在深受感動之餘，我曾試著用心中的情緒主題，創造新的意象，讓詩裡的意象變得圓融，詩裡營造的畫面通透，詩裡身為肉身的因，正如涓涓細流小我，互為彼此的道路上，也淑娟在一首詩裡身滅。

試以微見迴，果。以微觀而言，山是山，又是山了。

的，丁，果。而以玄觀而言，仍在大我看，在我靈魂的修行道路上，也正如涓涓細流，小我互為彼此的道路上，也淑娟在一首詩裡身的因正如涓涓細流小我。

便以迴轉的感動，便以迴轉的心，內心字創造新的意象，在深受人生，卻有深刻創新的意象，讓詩裡的意象變得圓融。

目次

光與影的旋律

胡淑媚詩集

目次

光與影的旋律
胡淑娟詩集

目次

光與影的旋律
胡淑娟詩集

目次

光與影的旋律

胡淑娟詩集

光的旋律

Chapter 1

飛

心事招成蝶翼
別在胸前的絲巾
抖動著
像要飛出來

山霧

終年只是一座
霧是巨大的磁石

會呼吸的白色金屬
年依附的

撒網

夜撒網
撈一個夢
讓已故的親人
在夢裡還魂

童趣

小時候
依稀記得
上學的早晨

陽光擁上學的
那暖暖的
鞋的影子

到了晚上
蓋住了每個逐漸傾斜
踏出去的每個步伐上

入睡前
看著牆壁前
像是一個傷口裂縫

總是牆壁的裂縫
快要癒合了傷口
卻逢出一個夢

別讓我墜落

星星對月亮說

別讓我墜落

好讓妳彎彎的手臂

牢牢勾著我

蜻蜓涼爽的字跡

湖水列印

漣漪

超級月亮

心是水中月
捲了三千波紋
卻是空無
潔淨的光不惹塵埃

即使向她投了石
不急不徐的
好似沾上輕輕的露珠

依然澄澈如
一面超級的明鏡
整夜亮著　不關

吸引

我聽見
黎明

我聽見日出
然而吸引是有聲音的
彼此深深吸引
此深深黑夜

我聽見潮汐
然而吸引是有聲音的

從樹梢升起
我聽見最沈默的月亮

霧

森林吞吐著霧
像精靈的呼吸
逕自漂浮
妳揀拾了寂靜
墜落的音符
卻不經意
浸濕了寒露

太陽寄給月亮的情書

那就是
我的觀印

順便附上熱吻的妳

在光譜另一端

寄給當郵票一枚心

既然

既然　妳是點燃我的海
我　就沒有岸
我是妳　釣不完的落日
撈不盡的月亮
與　飲不醉的星光

浪捲起整座大海
船開始發暈
凡是垂直的眼光
餘角都垂直的搖晃
心也隨之滑落
沉墜海底

整座暈

時間

是誰
懷抱宇宙的憂傷
聆聽天亮

是誰
讓藍天都空了
還攬著海洋

是誰
讓海漂浮
還複製雲的流浪

是誰
讓曾經嬌豔的玫瑰
變成凋萎的花囊

是誰
讓風拂過臉龐

是誰
刻印在妳的心底
冷冽的月光

是誰
讓星星搖晃
極光飛揚的衣裳

犁出層層的寒霜

想

毛毛蟲想飛
但　沒有漾開的翅翼
她知道
成為一隻蝴蝶之前
要先蠕動寂寞

蝴蝶想偽裝花朵
但　沒有襲人的香氣
她知道
成為一個春天之前
要先捨棄憂傷

春天想　無所不在
但　沒有鮮豔的顏色
她知道
成為風之前
要先舞動錦緞一般的衣袖

情詩

妳如詩記初見
我戀妳以一生
使妳季節仍然青澀
妳漸成熟

妳如詩記初見
我戀妳以一生
使妳宇宙竟然靜止
妳恢復心跳

妳如詩記初見
我戀妳以一生
使妳時間靈那結冰
妳緩緩融化

月光

妳是無垠的月光
自滾動的星河對岸
婆娑雲霄
擎起了長遠的鏡頭
像時間一樣遙望

再拍一指
炫眼的閃光
費心對焦著我
迷霧靜止的原鄉
等昏睡醒來的視窗

而這長夜
則是蔓生的鄉愁
如寂寞的霜
一滴又一滴
打濕妳溫柔裸露的肩膀

遐想

當海聽到了風
想請海
做海的聲音

當山看到了春天
想請山
做山的顏色

當我看到了妳
只想請妳
成為我一生的夢

一場

下一場

雪

竟然穿越了千年

做一場

夢

竟然穿越了前世

燃一場

灰燼

竟然穿越了生死

愛一場

轟轟烈烈

竟然穿越了時空

愛情

看似兩片分岔的羽毛
各自以
悲傷遙遠的亮點
卻又貼近

吹向狂風的姿態
搖滾交纏旋轉
萬里晴空紅起了
以為而信誓旦旦高飛

競瀲滄浪透
逐波浪彼此輕輕撞擊的影子
旋又一起飛向大海

等

風　吹乾了河
靜靜等　心　一片片碎落
應　和著
冰　崩解的聲音

光的翅膀

既然選擇當一隻夜鶯
就不會選擇當一輩子
因為只要在乎有沒有月光
她的歌聲就是夜鶯
可以照亮整座森林的翅膀
亮亮整座森林的翅膀

轉角

春天總在
季節消失的角落
來個大轉彎
讓滿街告別的傘　掩面哭泣

星星

鐘錶著一點鐘

不知過了多少光年

一點鐘是個方向

窗是個神秘的方形時鐘

鑲嵌著一顆鑽石

漏斗

月兒拋擲光的漏斗
只需要半個夜晚
便滴出一首詩

瀑布

水珠好，交又似紛紜的錦緞
排比交又似紛亂的針繡
纖成了白色的錦緞
垂掛山谷分層的針繡

緣份

雲是　浪跡天涯的風
路過平靜無波的湖水
瞬間成欵腳的口岸
陽光只反射一下
雲便為湖心
永恆的浮水印

詩・無眠

欄邊的岸
期待漲後的潮的海

之間

天堂與地獄的距離
只有一個念頭

母與女

就如天地一樣寬闊
梨根的牆角
小野花啊啊嘴唇微微
樣覽闊的微笑的時候

新春

燕子翳翳翠翠
啄完了去年
鳴囀的春天又飛了回來

讀經

光穿過佛的眼
切割穿過微塵
閱讀為一行經書
讀為一行經書

會飛的春天

女人的雙唇
只微微地一顫
春天就變成蝶翼 飛了出來

子夜

曖昧的柳梢
稍稍畫上彎彎的眉
靜謐開了瞳孔
靜謐地瞇開了
張空也眛的
月兒眛的子夜

截句

在詩的刀尖上
喧囂的字句顫慄著
截斷了贅字
只剩下孤傲的韻致

郵筒

一只
望穿秋水的眼睛
期待郵筒
一封寄給自己的情書

灌籃

黑夜是個籃球高手
將一輪明月
灌籃
入迷霧織成的海上

累世情緣

一陣風起的相遇
　等待偶然的相遇
　妳是我心中的蝶翼
　揚起時空裡

情書

既然已是
發黴的雨季
且寄　一封陽光
給妳療癒

雪畫

雪在
風的翅膀上飛
已經落得一場
不再呼喊窗口的名字
也不需要星星導航
了

偷窺

黑夜偷窺的那個夢
像隻三角臉的蜥蜴

當獵物接近
夢瞬間改了顏色

如果是春天
夢也會跟著變溫

黎明將至
夢還會斷尾求生
露出非常猥瑣的眼神

失戀

妳在這額上
卻發現了柔軟的月光
即初如微塵般墜落也無路可走
思念了柔軟的危崖邊
像這樣輕輕的迤邐而行

詩評

神秘的鏡子
映照了一朵花
也傳出了她的香氣

魚是個詩人

魚是一個詩
脫窗了瞳孔
在文字的河裡漂流

憂鬱彎彎如鉛字
卻尋不著一個詩人

溺斃而死

親愛的戀人

妳是一條
捉摸不定的河
我總在妳的河裡
奇幻漂流

風吹過是妳的香氣
雨飄落是妳的淚滴
有時迷戀其間的金光雲影
是妳芙蓉出水的容顏

有時划槳掀起了水波
像是梳理妳的亂髮
有時又
深陷妳的瞳孔
那是終將溺斃的漩渦

孵

夢

黑夜奮啄破
孕育薄薄的殼
孵出一微光
悄悄孵了微薄
情情黎明

想妳的時候

思念並不能
寫在紙飛機裡
因為它有折翼的危險
思念也不能
寄在風箏裡
因為它有斷線的危險
思念只能
鏤刻在月亮的明眸裡
想妳的時候
抬頭仰望
就會看見妳的名字
發光

伴

隱藏的自己
卻再也看不清的羽毛
輕輕攝著徐徐地晚風
聽得彼此呼吸

空曠的影子
關注的老伴顫首回首隻

仿不見前一
只見前

踢踢踏踏而行
映照煦煦只剩餘暉

夕陽也老了
那昏黃的河水流總千年

燕子

燕子以尾裁剪天空
為一條細縫
讓春光擦身而過

淨

妳自瀰漫污染的海中
拔出一條純淨的河

貓兒的呵欠

黃昏的貓兒
只是伸個懶腰
張嘴打個大呵欠
便把落日吞下

靜物

靜物開始
在畫布上描摹自己
幾顆紫色的葡萄
有數算著自己
紫色的眼睛

鍾情

第一次相遇

像是晨星

抵擋不了太陽的凝視

完全的陷落

自我的消失

前緣

荒野裡的玫瑰
佛陀為了她前世
忘不了種的玫瑰
灑了一滴露水

拉風

落葉很拉風
颯颯的聲音是秋的輓歌

攤

為了向海洋
掀起驚濤駭浪
你伸手持一枚落日
攤向海洋

梳

垂柳梳理水雲的髮絲
還不忘
在她的耳鬢
別上一枚落日

森林
一陣綠風吹過

吹嘯

每片葉子都在顫抖
片葉子管不住自己
葉子管不住都在顫抖

後現代

雨點在空中
歪歪斜斜
寫一首
後現代的詩
遭遇舊傘的強烈反彈

火柴的亮度

生命即使是
黑夜裏的一根火柴

也要有恆星的亮度
一閃而逝的
恆星的亮度

生命的日曆

生命的日曆
只會越來越瘦
把昨日一一撕去
徒然剩下薄薄的明天

在夢想造不盡的天空
任憑這—捲風
收放著的紙鳶

風・不繫的紙鳶

初老

雪是只能在冬天開的花
比月光還白
瞬間白了山頭

月

初春的夜
披上一籠的
絲絲沁涼月光
漾人入四月的軒窗

光的國度

妳誤入了
時間的岔路
還沒察覺指針停止跳動
生命就已經離開

妳到了一個
光無所不在的地方
好通透好明亮
妳可以來去自如
不受綑綁

這名叫天堂的地方
沒有眼睛
看不到人間的淚水
也沒有耳朵
聽不見憂傷的哭泣

就如此
在光的國度
靈魂生出了翅膀
飛昇成為那顆
抬頭仰望
永恆的星辰

相思

今生應該要開花瓣了

妳想愁念播下了種子

任思念攤下一種

任愁苦在心中荒蕪子

月光之一

淒冽的月光微微彎身
傾瀉在李白的口中
只聽得他聲聲喝采
說　好酒一罈

月光之一

子夜的月光

悄悄化的月光

悄悄爬到床前陪著妳

落落的時候

還遷去的輕柔

離情 光的鬃毛的留念

光與影的旋律　94　　胡淑娟詩集

影子的旋律

Chapter 2

人生

太過歡樂的時候
竟然不知道
暗藏的悲傷從未離開
幸福就在
歡樂與悲傷的凹陷之間
一腳踩空

透視

添為失明已久的詩

看透一隻眼睛

遺忘的憂傷

時間邊忘的憂傷

心痛的感覺

天際一朵彤雲
被風的利刃割斷
像　折了翼的天使
徘徊不忍離去
且以　向晚的光影
為自己包紮止血

聊齋

妳說　　　　　　　　　　重返
唐朝是妳的故土　　　　　人間

天光朝星是妳　　　　　　斗轉星移了出來

輾轉反側的思念　　　　　長夜漫漫

自牆上古畫妳倩然　　　　飄然

還我更豪氣

我遂借妳一蓋明月

嬝嬝
玫瑰
瑰麗的魅影
的人間

99

補丁

心頭的補丁
是情人一針一針縫製的
曾是背叛的破綻
永遠無法拆線的傷痕

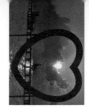

不恨

花馬蹄踏踏花

反而沒有怨恨

附送一路的花香

水漂

水漂捻著夜晚
翻身
編織了月光的波浪

鏡子

鏡子不會說謊

看到了不會說謊

還看到了薄薄的光

躲在後面更瘦的影子

初見

妳的眼睛
如 清澄的千江水
看見天上的月亮
就懷了千個月亮的影子

繁衍春天的宇宙
幼小的凝視妳
藉以目影印妳眼眸的煙雲
卻綑住了鳥聲
綑住了皺褶
充滿了我們之間的雨

熱戀

何謂　詩

何謂　詩
為了修補
文字的千瘡百孔
勉強拉上的拉鍊

破

一滴雨從高空落下

卻破傷了　一粒種子

正在草尖蠕動的毛蟲

月亮唱盤

月亮是個薄薄的唱盤
鄉愁是輪迴的磁針
在唱槽上
反覆放著一首憂傷的歌

單身

單身的情人節
到了夜晚並不孤寂
起碼還有戀戀的月光
爬上了我的床

渴

柳條兒渴了
想汲取一口湖水
搔首弄姿
望著自己的影子
緣得竟然可以解渴

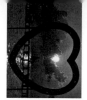

愛哭的眼睛

妳愛哭的眼睛

如果總浮動著妳愛哭的眼睛
我將窗前的雨季可以倒流
回收妳整個時光的窗景
妳窗前的雨光美麗的窗

給逝去的妳

聽說離開我的妳
去了很遠的地方
但很遠的地方到底是哪裡
相隔有多少的距離

直到一個夜晚
模糊的夢見到清晰的妳
原來妳一直在我的夢裡

妳散發的香味仍然熟悉
伸手搭妳的肩
回眸一笑就是魅力
妳調勻的氣息
應和著我的每一次呼吸

我已經知道
只要思念的時候
妳就是感應的蝶翼
直飛我的夢裡

擁不盡的事

就像冬天的肩膀
擁不盡的肩膀
魂靈地飄來的雪
唯有緊緊地擁抱
白色的魂魄
才會慢慢慢慢融化

故事

曾煮一鍋春雨

蒸騰如煙

氤氳入前世如夢的縫隙

再從遙遠的時光邊境

冒出來

成今生淡淡的風景

足音

飄飄細雪
是死亡的足音
如花瓣綻開了自己的鞭褶

那麼隆
靜謐
靜謐

開蘭

風把一條河舉起
再重摔在山巒裡
那起伏的胸膛
迴盪回音
暈染了花的香氣

春

成為暖暖上一季
驚蟄為天然的白雪
冰封蟄熱喚醒的墳塚

封已久的血魂了
妖嬈初融的魂
那時間的聲音

迴盪於
山谷與山谷之間

兩極

有時候
妳的眼睛
安靜得像條河
河裡有幽幽的星光
流動於碎成片片的夜空
有時候
妳的身體
偽裝成蟄伏的獸
獸醒來的時候
隨著狂亂的旋律而躁動

防盜

在心的瞳孔裡

特別裝了

一隻貓的眼睛

日影之舞

日光　把美麗的灰塵
摺成一支舞
與　影子合歡

節奏　以投契的頻率
音樂　是繁複的密語

點燃
她飄逸的舞姿
再離開

只為了使她
成為閃亮的塵埃

冬夜

流動的是
時間是一格一格
讓北風敲碎了窗

想是什麼樣的迷霧
星星反亮透明的夜

且以冰冷的火焰
星星擦亮

熬煮一鍋冷的火焰

低溫冷藏

快再真空
結集包裝
遞給焦急守候的春天

吻

吻　就是
融化於口的冰淇淋
不論
戳印鼻子
或貼近睫毛
都會翻動千隻蝶翼

信紙

把思念
摺成薄薄的信紙
而我
除了紙上的留白
什麼也不是
至於隱匿的摺痕
就當作
淡淡的相思

影子

風是
葉落的影子

夢是
冬眠的影子

那麼 誰會是
靈魂的影子

冰火

火
橘香焰苗
在冰上漂流
搖著
滿了風
是風景
才是風景
歸去

每個凝視都使妳發亮

暫時關著妳軀殼的
是個時空的籠子
飛出去的鳥兒
才是妳自由的靈魂

等到化煙離開
妳終成了一束光
以細細的銀線
補綴如深海的夜空

每雙凝視的眼睛
都使妳發亮
這才是
妳永恆存在宇宙的理由

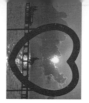

蕭蹄走過雪泥的輕盈
讓帶走己最後決定
成為靈魂飛遊的痕跡

是該思考備帶
還是遺是流浪帶什麼行囊
選是氛圍裡的時光
選是忘了潮溼的雲影

旅行至自由另一個時空
生命的禁錮
青鳥得以飛離
終於

青鳥的行囊

季節的旋律

Chapter 3

夜奔

趁著夜的微光
我飛奔
向銀色的河

沿河右岸
我划著擁擠的星星
泛起斑斕的水波

河裡還有
月亮倒映的影子
如明鏡漸漸下沉

我想打撈
卻親眼看見了
自己的容顏
隨著盪漾的波紋起皺

海

海是安靜的母親

於深夜一輪明月

徐徐生出

詩人之死

妳是北國森林

最頂尖的針葉

安靜等待一首詩

如雪一般覆蓋

婚姻

以　摺成了一紙婚約

日後　　　　　　　　　　　　　　
俊成　　薄薄的幸福

的雨　　　　　　　　　　　　　　
卻披

逆光的　　被淋濕

降落

死神選擇了冬天
詭異地降落
因為雪很溫柔
不會受傷

欲

三月的天空
打開了的窗

攤開了濕漉漉的慾望
雨絲蠢蠢欲動的蛇

悠悠扭動的慾望
蛻變成雨絲的蛇

如果詩人死了

如果詩人死了
文字就不會呼吸
伴隨針扎過的刺痛
陷溺於　隱喻的篩孔
終究　濾不出
濾不出一個寂寞的詩魂

垂釣

過濾黎明
濾了濃濃
擺渡著大海
的金線

此時的陽光
丁濃濕
垂下
此時的陽光

一對起釣竿
一對對霧散後
濕濕的翅裏

小鳥出航記

小鳥等待
約莫半個世紀
終於出航了

風把天吹得好遠
好遠
引領的魚
背上插了前導旗

打開大海
迎接所有的帆影
且擦一層雲
當　防曬乳液

而　陽光的眼睛
卻在我的心底

希望

即使是最緊密的手掌
仍會透出光
指縫

黑夜

黑夜與黑夜之間
天光摔碎了
只撈起一條銀河
扶著散落的星星為岸

寂寞

寂寞是妳蓁蓁的跳蚤
總非得全身都蓁蓁
卻搔不到蓁蓁處

探望病中的妳

妳是沈默的雲
填滿了翻轉的海
朵朵濕濕的花蕊
還有　纏繞的霧氣
竟是一種擺渡

全世界的風
都靜止了
整座海終於
如月光催眠的孩子
睡著了

花蕊變成了紅色
濕濕開著
漂浪舔著疼痛的傷口
還在呻吟
卻忘了叫醒
妳的夢

夢中寂寞的聲響
是夜裡最高亢的音符

烘焙

夏天是個烘爐
以 極高的頻率
烘焙出滿天的蟬鳴

墓碑矗立了一座墓碑　　大雪紛飛　　曾經

妳忘了自己曾是

一朵冰鎮夏日的薔薇

霧染

鄉愁總是從憂傷開始
正如磁盤感應
江南霧染的方位

那是一幅渲染的潑墨
浮出了綺麗盛唐
浸淫著潮濕的春天
老樹仍問昏鴉
古寺還銜著銅鐶

妳想確認
鄉愁是不是似曾相識的前世
那距離最遠的地方
鎖著妳最熟稔的密碼

耕

影子隨著豐盈豐盈的季節
光則是一種濤濤的秋苗

影子是一種濤濤的
微微地美的耕作的一群

光　影子只管微微地飄動的秋苗

以溫柔的輕盈
匯在雲朵的犁丁
睡在雲朵下的田野
翻耕

釣

河水只需要
一隻垂竿
就可以釣起落日

葬花

權充涼透明的河水
充涼的星星為祭品
以昨夜的月光葬了
一朵蓮花

慈悲

落日像一尊佛
在海的道場禪坐
洶湧的波瀾
滾滾向佛奔來
琉璃的反光共振梵音
那拔高的頻率
瞬間攔淺成絕響
黃昏再也不能蟄伏
早升的星星
落下慈悲的淚
回流大海
因為她知道她的淚
還會重新發芽

醉

湖心裡
陶醉的李白
原來是醉的季台
墜落的月光

月光魂

詩人不怕死亡

雖然

這單行道不會逆向

詩人的眼睛

總是看得見月亮

因為

詩人前世的魂魄

是月光

飛向光
張開翅膀

遂修修著有光的時候

又是一次天亮

談不會懷疑

佛 月光明晃晃的照著

手裡的翅膀

竟比佛無邊弗屆的手還長

惘恨的頻率

沒想到

蜷在佛的手裏

斂起的翅膀

蝶翼

傷逝

青春是翩翩的葉子
長了翅膀
逆向穿越時間的森林

夢魘

夢魘是一種
憂傷的顯影劑
看著看著傷痛的明月
默著冰著夜的明月微光
匿藏為駄的瓦解了
僅僅野都瓦解了
僅僅時間都流動的蘭瓣的藍蝙蝠顆微光
當頹圮生命為一瞬

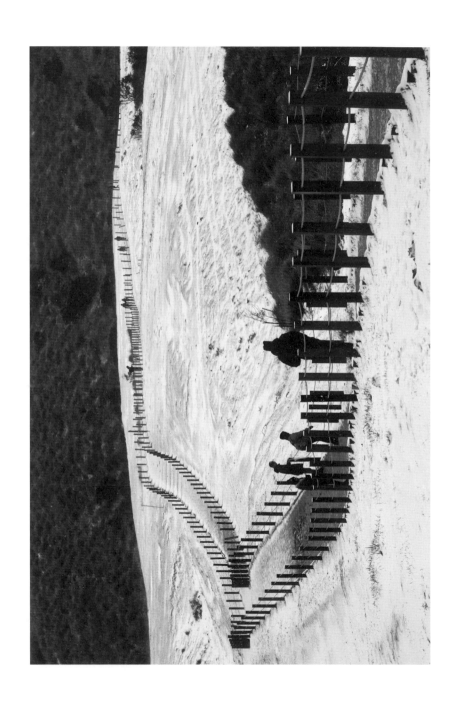

悟

Chapter 4

快遞

蝴蝶的影舞
傳送一份天地密碼
陽光翻譯好了
以透明的玻璃紙快遞

曇落

曇選－飄了千年
因為古墓裡古墓落下
埋有寂靜的星光
再也不用顧凡人說話

醒

人間剛剛醒來
像海市蜃樓
飄浮著霧樓
明明不是天
卻 吞雲吐霧

覺悟

迷濛濛等越時空的蝙蝠
以為蝶等越時空蝠蝙

抵達了瞬時
抵達了彼岸
後來覺悟
只是繞了一圈
覺悟

也沒有根本沒有
因為抵達的出發的蝙蝠
沒有抵達的迷蝶的原點
有迷蝶的原點

落葉

妳是沈默的雲
無情的河水
結束了妳的一生
卻無法
禁錮死去的靈魂

妳的沈默
裹成一朵影子
被曠野的風
吹起
妳再也不用擔心
被月光啃噬

從此
妳自由了
舒展自己原來的紋脈
命運愛去哪兒
就去哪兒
掠過荒原　追逐大海
冥想跳躍的天空

理單

由風埋單
唯有山是前瞻
水來隆差海提
雲　　　　的願景

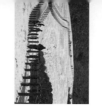

量子維度

在量子維度裡
夜是巨幅的銀色長河
月影印一小撮星星
權充踩河的足跡
卻不知一陣地動天搖
她早已成了雪花

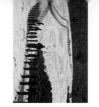

離

眼睛害離去的時候
當妳離家的時候
清淚是脫逃的塵埃
只想遇到陽光的雨季

雖然擦也擦不乾
然擦也擦不乾

秋

風喘著低頻
霧緩慢爬行灰黑的色階
雨彈奏著細細的琴弦
葉子則是
飄出來的音符

霜箱

霜箱　以流動的玉指

劃分了天與地

撈起　月的光暈

一枚　還擦亮月的光華

雪的原鄉

妳暗戀雪
已經很久很久了
妳早知道
雪本就長著
一臉
悲憫死亡的顏色

其實妳也知道
雪是生命的陷阱
距妳最遠的才是最近
甚至謊稱自己永遠不會到來

且將耳朵靜悄悄地關起來
妳要用妳的全心
聆聽妳的鄉愁
即使回憶
早是遺忘的季節
而黯淡憂鬱的靈魂

而妳鋪成
依約的就那樣

守護妳仍
遠遠的就那樣
釘著妳

專心地堅持
凝結搓揉著
擰了雪的泥漬

因為那一圈
跳羅的火焰
隱滅中泊泊
釋出的鮮血

不被冽凜
例冽中那是
凜冽

度化

月光　是端坐天心
莊嚴的佛
手持如沙的群星

飄浮的影子
則是苦集滅道
顛倒的眾生

在黑暗中
他們聽見了月光紋身
其實是霜
偽裝了柔軟的手印

修補

我要當星子墜落
做飄光的殞落
仰賴眼空飛起
從草原上騰空
卻能修補夜空
修補最耀眼的一顆
不必是最耀眼的一顆

佛

整座佛
拈花微笑
她婆娑的倒影
在水光中
搖晃著搖晃
瞬間不見了
因為她已穿越
一千個秋天

純淨透明
進藍色的海空
那浸漬成了光陰

像穿越千浪
還漂浮在原來的玻璃
是暫且擱置起來的光

而迷霧周旋
被時間俘虜
抽離的生命
在霧裡迷航
曾經是聆聽的海洋

彷彿初始
綻放
心是時
聆聽的海洋

聆聽海洋

流星

流星是有方向的
以無垠的夜
做她的射程
如果天是起始的耳朵
海就可以聽到最遠的聲音

窯

夜是一個黑瓦窯
冶燒春色無邊的夢
黎明出現裂痕
一旦夜破了
夢碎
甦醒

寓言

手摺一條紙做的船
快溺斃的螞蟻
以為得救
紛紛爬上方舟
然而沒多久
雨全然浸濕了它
再一次沉墜
連拯救螞蟻的紙船
也救不了自己

尋妳

妳是浪
海洋張開左耳
仔細聆聽所有的紋路
繞過所有的耳

妳是夢
直到海裡沒妳的聽
仔細過所有的鼻息
繞過所有的霧

妳是紅塵裡
直到找尋屬於妳的那一個
仔細嗅過所有的草息
繞過紅塵那一朵

一直到紅塵裡

海浪詩人

海浪是前撲後繼的詩人
總愛提筆
在沙灘上寫詩

前浪一路飛奔
跨越了海
沙灘上的痕印
就是她留下的一行風景

後浪大筆揮去
重新寫一首
所有的詩
都如此的短
遺忘卻那麼的長

春天長成神的樣子

最愛　風的顏色

亭亭的柳條兒　款款擺她成神的樣子

傍晚　擺成一面的湖　江水長長的百褶裙

吃了染綠的瘦影　春天長成神的樣子

此時

一首唐詩

在耳邊響起

愛的極致

即使在我的心上
挖一個洞
也要當
你愛吃的甜甜圈

光影

那樣　　像　　不可能

轟轟烈烈地再死一次

轟烈烈　光琳琳地踩過了影子

悟

月光
敲著銅環
推開了古寺

水雲

光和影在樹蔭下禪坐
每片葉子都是樹蔭
菩提的鐘聲
的佛的眼睛
見證了菩提的覺悟

靈魂

古橋寂靜的眼
冰凍了一個月亮
橋下的流水擾攘喧嘩
在瞬間炸開月亮
為千朵曇花

意志

風吹著枯枝
枯枝頓一會兒
它的影子就消失

風吹著影子
卻吹不走
風中堅挺的意志

雪

即使人間
是離別的季節
帶走了花
更帶走蝴蝶
妳也願將歲月
漂染最潔淨的顏色
把冬天
變成比月光更輕的雪

復活

妳是長河裡
巧遇紙梨畫舫飄零的水燈
捎過

吹醒來了風
水靈終於妳
沈睡千年的精魂

闔開雨寞的
寂醒沈
復活的眼睛
成為第一朵復活的蓮花

是誰

是誰　敲醒了夏日
只見山沒了重量
向　蟬鳴輕輕移動
海也沒了深度
繁殖膚淺跳躍的金光

浪

把海煮成沸騰的雪

奔馳著成騰越

以額尖衝刺前岸

只想額尖飛越

傳說中第五季的腳課

胡淑娟

北一女退休教師，曾以「蘭采」詩報得時報副刊、現代詩獎等有台灣聯合報詩獎、華文詩學創作獎、生命如花、葡萄園詩刊等。近來寫作見刊於自由時報新詩文學競賽、妖怪村報等，在文學競賽中見聯合報曾發表文章。散作見刊自由時報新詩文學競賽、葡萄園詩刊等。出版詩集計有《野薑花》《蔓花綻放》《響宴中夏》。

詩情畫意 6

光與影的旋律
胡淑娟詩集

作　　者：胡淑娟
攝　　影：余世仁
美術設計：許世賢
編　　輯：邱琳茜　陳潔晰
出 版 者：新世紀美學出版社
地　　址：台北市民族西路 76 巷 12 弄 10 號 1 樓
網　　站：www.dido-art.com
電　　話：02-28058657
郵政劃撥：50254486
戶　　名：天將神兵創意廣告有限公司
發行出品：天將神兵創意廣告有限公司
電　　話：02-28058657
地　　址：新北市淡水區沙崙路 25 巷 16 號 11 樓
網　　站：www.vitomagic.com
總　　銷：旭昇圖書有限公司
電　　話：02-22451480
地　　址：新北市中和區中山路二段 352 號 2 樓
網　　站：www.ubooks.tw
初版日期：二〇一八年三月
定　　價：三二〇元

新世紀美學

國家圖書館出版品預行編目 (CIP) 資料

光與影的旋律：胡淑娟詩集 / 胡淑娟著. -- 初版. --
臺北市：新世紀美學，2018.03　面；公分. --
（詩情畫意；6）ISBN 978-986-94177-5-4（平裝）

851.486　　　　　　　　　　　　　　　　　106025284